Histoire racontée par Caroline Cler

Adaptation phonographique : Droits réservés

Note de l'éditeur :
Dans cette adaptation, les trois bonnes fées se nomment : Bénévole, Jouvence et Sapience. Elles sont aussi connues sous les noms : Flora, Pâquerette et Pimprenelle. Églantine est aussi connue sous le nom de Rose.

Pour tout renseignement concernant nos parutions, nous contacter par téléphone au 01 43 92 38 88 ou par e-mail : disney@hachette-livre.fr.

Imprimé en Malaisie – Dépôt légal mars 2010 – Édition 02 – ISBN 978-2-01-462954-5
Loi n° 49-956 du 16 juillet 1949 sur les albums destinés à la jeunesse.

La Belle
au Bois Dormant

hachette
JEUNESSE

Il était une fois, il y a fort longtemps, un royaume lointain où naquit une petite princesse. Elle était si radieuse que ses parents lui donnèrent le prénom d'Aurore.

Le jour de son baptême fut l'occasion de grandes réjouissances dans tout le royaume. Chacun fut invité au château, y compris, bien sûr, les trois bonnes fées : Bénévole, Jouvence et Sapience.

Mais on avait oublié Maléfice,
la terrifiante fée du Mal qui,
vexée de ne pas avoir été
conviée à ces réjouissances,
vint et dit :
– Je vais faire un don
à la Princesse, écoutez tous :
le jour de son seizième
anniversaire, avant le coucher
du soleil, elle se piquera
le doigt au fuseau d'un rouet
et sa vie s'arrêtera.
– Oh non, oh non, non,
c'est trop affreux ! s'écrièrent
tous les personnages
de la Cour.
Mais Maléfice disparut
comme un éclair,
en un instant.

11

Alors, Bénévole s'approcha et dit :
– Peut-être puis-je atténuer la rigueur de ce sortilège.
– Voyons, voyons, voyons… Pour cela, il faut que je dise :
« Même si la Princesse se pique le doigt au fuseau d'un
rouet, elle ne mourra pas, elle tombera dans un profond
sommeil d'où seul un baiser d'amour pourra la tirer. »

– Cela ne conjure pas ce mauvais sort, gémit le Roi. Nous devons faire quelque chose ! Que tous les rouets du royaume soient détruits et brûlés.

Mais les bonnes fées savaient que cela ne suffirait pas
à protéger Aurore de la terrible Maléfice.
Elles conçurent un meilleur plan :
– Cachons la Princesse en un endroit secret.
Nous l'élèverons là, en sûreté, jusqu'à sa seizième année.

C'est ainsi que grandit la Princesse Aurore, dans une petite chaumière, au milieu des bois, entourée d'animaux charmants et de ses trois gentilles marraines qui l'avaient appelée Églantine.

La date de son seizième anniversaire était proche,
lorsqu'elle eut un jour la surprise de rencontrer dans la forêt
un élégant jeune homme. Immédiatement, ils s'éprirent
l'un de l'autre. Églantine ne savait pas qu'il était le Prince
Philippe, dont les parents avaient souhaité leur union.
De son côté, Philippe ne savait pas qu'elle était princesse.
Mais elle lui demanda de revenir le soir même
à la chaumière, afin de lui présenter ses marraines.

En dansant de joie, Églantine reprit le chemin de la chaumière. Là, une surprise l'attendait : ses marraines les fées avaient préparé un succulent gâteau, en l'honneur de ses seize ans.

Pendant ce temps, quand le Prince Philippe annonça
à son père qu'il avait rencontré la jeune fille de ses rêves,
le Roi s'écria :
– C'est impossible ! Depuis seize ans, la Princesse Aurore,
du royaume voisin, t'est promise !
– Non, mon père, non…, dit Philippe. Mon cœur appartient
désormais à la plus adorable jeune fille qui soit au monde.

Et il s'enfuit sur son cheval, à bride abattue,
vers la chaumière, dans la forêt, afin de retrouver
sa bien-aimée. Églantine n'était plus là. Les bonnes fées
l'avaient emmenée au château. Mais, erreur fatale,
elles la laissèrent seule un moment…

Au-dehors, le soleil déclinait. La fée Maléfice savait
qu'il lui restait peu de temps pour réaliser son affreuse
prédiction. À peine les trois bonnes fées
eurent-elles disparu, que des appels magiques
résonnèrent dans la pièce :
– Aurore… Aurore…

Attirée par cette étrange musique, la Princesse Aurore
marcha jusqu'à une petite chambre, tout en haut d'une tour.
Là, tapie dans l'ombre, la vilaine fée Maléfice guettait
la Princesse qui s'approchait doucement d'un rouet d'or.
Elle tendit la main vers cet objet brillant, se piqua le doigt
et, immédiatement, tomba dans un profond sommeil.

Les bonnes fées
la découvrirent inanimée.
– Non ! Nous devons trouver celui
qui lui donnera un vrai baiser d'amour, s'écrièrent-elles.
Justement, Bénévole entendit la voix du Roi Hubert,
le père de Philippe, qui se lamentait tristement :
– Mon pauvre fils a perdu la tête. Ne le voilà-t-il pas épris
d'une quelconque jeune fille rencontrée dans la forêt !

D'un coup de baguette magique,
les fées endormirent tout le château.
Puis, en toute hâte, elles partirent
à la recherche du Prince Philippe.

Mais Maléfice s'était emparée de lui et l'avait enfermé
dans son château où les bonnes fées durent pénétrer pour
le secourir. Trompant la vigilance des gardes de Maléfice,
elles trouvèrent le Prince Philippe dans le donjon.

Elles armèrent son bras de l'épée
de Vérité, du bouclier de Vertu
et lui donnèrent Force et Courage.
Puis, elles le conduisirent hors du château,
vers l'endroit où était la Princesse endormie.

Maléfice entra dans une rage folle lorsqu'elle s'aperçut que le Prince s'était échappé. Elle se changea en un dragon terrifiant, mais ses pouvoirs diaboliques ne purent rien contre la Vertu, l'Amour et la Vérité.

Les fées purent enfin guider Philippe vers la petite chambre
dans la tour où la Princesse reposait.
Le Prince reconnut la jeune fille qu'il avait vue dans la forêt,
il lui donna un baiser très doux. Et le baiser du Prince
éveilla Aurore.

Alors, la vie revint dans tout le château endormi et les joyeux préparatifs reprirent avec encore plus d'entrain, car bientôt il faudrait célébrer avec éclat les noces de la Belle au Bois dormant et du Prince Charmant.

On raconte qu'ils se marièrent, qu'ils furent longtemps, longtemps très heureux, et qu'ils eurent bien sûr beaucoup d'enfants.